호수 1

정지용

얼굴 하나아
손바닥 둘로
폭 가리지만,

보고 싶은 마음
호수만 하니
눈 감을밖에.

시처럼 살고 싶다

시처럼 살고 싶다

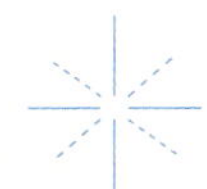

김소월 신경림 안도현 윤동주 외 지음 | 글곰 캘리그라피

말보다 조용한 위로, 명시 필사

쓰는 동안 우리 삶은 시처럼 빛난다

마음으로 읽고 손으로 새기는 치유의 시간

한국 명시
100편과 함께하는
가장 따뜻한
자기 돌봄

문예춘추사

일러두기

· 이 책에 실린 시 전문은 한국문학예술저작권협회와 출판권을 가진 출판사,
  저자와의 소통을 통해 저작권자의 동의를 얻어 수록한 것입니다.
· 저작권이 해제된 작품의 경우, 수록된 도서를 따로 명기하지 않았습니다.
· 도서명은 『』, 작품명은 「」로 표기했습니다.

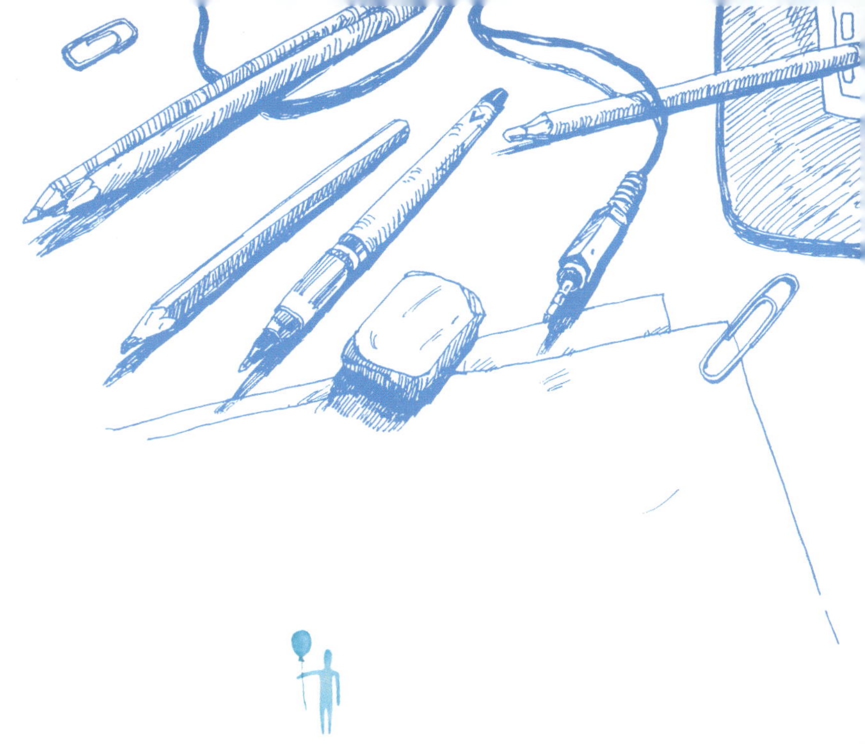

매일 한 편의 시를 따라 쓰면
어느새 삶은 시처럼 맑아집니다

차례

보고 싶은 마음
호수만 하니 눈 감을밖에

PART 3

이름은 잊었지만 그의 눈동자
입술은 내 가슴에 있어

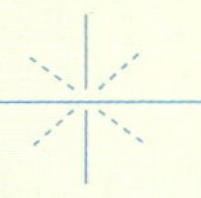

PART 4

하늘을 우러르고 싶다
봄길 위에 오늘 하루
내 마음 고요히 고운

PART 5

내가 사는 것은 다만,
잃은 것을 찾는 까닭입니다

그곳이 차마
꿈엔들 잊힐 리야

어느 날 당신과 내가
날과 씨로 만나서
하나의 꿈을 엮을 수만 있다면
우리들의 꿈이 만나
한 폭의 비단이 된다면
나는 기다리리, 추운 길목에서
오랜 침묵과 외로움 끝에
한 슬픔이 다른 슬픔에게 손을 주고
한 그리움이 다른 그리움의
그윽한 눈을 들여다 볼 때
어느 겨울인들
우리들의 사랑을 춥게 하리
외롭고 긴 기다림 끝에
어느 날 당신과 내가 만나
하나의 꿈을 엮을 수만 있다면

넓은 벌 동쪽 끝으로
옛이야기 지줄대는 실개천이 휘돌아 나가고,
얼룩백이 황소가
해설피 금빛 게으른 울음을 우는 곳,

—그곳이 차마 꿈엔들 잊힐 리야.

질화로에 재가 식어지면
뷔인 밭에 밤바람 소리 말을 달리고,
엷은 졸음에 겨운 늙으신 아버지가
짚베개를 돋아 고이시는 곳,

—그곳이 차마 꿈엔들 잊힐 리야.

이어서

흙에서 자란 내 마음
파아란 하늘빛이 그리워
함부로 쏜 화살을 찾으려
풀섶 이슬에 함추름 휘적시던 곳,

—그곳이 차마 꿈엔들 잊힐 리야.

전설 바다에 춤추는 밤물결 같은
검은 귀밑머리 날리는 어린 누이와
아무렇지도 않고 예쁠 것도 없는
사철 발 벗은 아내가
따가운 햇살을 등에 지고 이삭 줍던 곳,

—그곳이 차마 꿈엔들 잊힐 리야.

하늘에는 성근 별
알 수도 없는 모래성으로 발을 옮기고,
서리 까마귀 우지짖고 지나가는 초라한 지붕,
흐릿한 불빛에 돌아앉아 도란도란거리는 곳,

—그곳이 차마 꿈엔들 잊힐 리야.

가난한 내가
아름다운 나타샤를 사랑해서
오늘밤은 푹푹 눈이 내린다

나타샤를 사랑은 하고
눈은 푹푹 내리고
나는 혼자 쓸쓸히 앉아 소주를 마신다―
소주를 마시며 생각한다
나타샤와 나는
눈이 푹푹 쌓이는 밤 흰 당나귀 타고
산골로 가자 출출이 우는 깊은 산골로 가 마가리에 살자

눈은 푹푹 내리고
나는 나타샤를 생각하고
나타샤가 아니 올 리 없다
언제 벌써 내 속에 고조곤히 와 이야기한다
산골로 가는 것은 세상한테 지는 것이 아니다
세상 같은 건 더러워 버리는 것이다―

눈은 푹푹 나리고
아름다운 나타샤는 나를 사랑하고
어데서 흰 당나귀도 오늘밤이 좋아서 응앙응앙 울을 것이다

계절이 지나가는 하늘에는
가을로 가득 차 있습니다.

나는 아무 걱정도 없이
가을 속의 별들을 다 헤일 듯합니다.

가슴속에 하나둘 새겨지는 별을
이제 다 못 헤는 것은
쉬이 아침이 오는 까닭이요,
내일 밤이 남은 까닭이요,
아직 나의 청춘이 다하지 않은 까닭입니다.

별 하나에 추억과
별 하나에 사랑과
별 하나에 쓸쓸함과
별 하나에 동경과
별 하나에 시와
별 하나에 어머니, 어머니,

이어서

어머님, 나는 별 하나에 아름다운 말 한마디씩 불러 봅니다.
소학교 때 책상을 같이했던 아이들의 이름과, 패, 경, 옥 이런 이국
소녀들의 이름과, 벌써 아기 어머니 된 계집애들의 이름과,
가난한 이웃 사람들의 이름과, 비둘기, 강아지, 토끼, 노새, 노루,
'프랑시스 잠', '라이너 마리아 릴케' 이런 시인의 이름을 불러 봅니다.

이네들은 너무나 멀리 있습니다.
별이 아슬히 멀듯이,

어머님,
그리고 당신은 멀리 북간도에 계십니다.

나는 무엇인지 그리워
이 많은 별빛이 내린 언덕 위에
내 이름자를 써 보고,
흙으로 덮어 버리었습니다.

딴은 밤을 새워 우는 벌레는
부끄러운 이름을 슬퍼하는 까닭입니다.

그러나 겨울이 지나고 나의 별에도 봄이 오면
무덤 위에 파란 잔디가 피어나듯이
내 이름자 묻힌 언덕 위에도
자랑처럼 풀이 무성할 거외다.

해 뜨는 아침에는
나도 맑은 사람이 되어
그대에게 가고 싶다
그대 보고 싶은 마음 때문에
밤새 떠부어대던 눈발이 그치고
오늘은 하늘도 맨 처음인 듯 열리는 날
나도 금방 헹구어낸 햇살이 되어
그대에게 가고 싶다
그대 창가에 오랜만에 볕이 들거든
긴 밤 어둠 속에서 캄캄하게 띄워 보낸
내 그리움으로 여겨다오
사랑에 빠지니 사랑보다 더 행복한 사람은
그리움 하나로 무장무장
가슴이 타는 사람 아니냐

진정 내가 그대를 생각하는 만큼
새날이 밝아오고
진정 내가 그대에게 가까이 다가가는 만큼
이 세상이 아름다워질 수 있다면
그리하여 마침내 그대와 내가
하나되어 우리라고 이름 부를 수 있는
그날이 온다면
봄이 올 때까지는 저 들에 쌓인 눈이
우리를 덮어줄 따뜻한 이불이라는 것도
나는 잊지 않으리

사랑이라는
또 다른 길을 찾아 두리번거리지 않고
그리고 혼자서는 가지 않는 것
지치고 상처입고 주엉난 삶을 데리고
그대에게 가고 싶다
우리가 함께 만들어야 할 신천지
우리가 더불어 세워야 할 나라
사시사철 푸른 풀밭으로 불러다오
나도 한 마리 튼튼하고 착한 양이 되어
그대에게 가고 싶다

『그대에게 가고 싶다』, 푸른숲, 1991

한 잔의 술을 마시고
우리는 버지니아 울프의 생애와
목마를 타고 떠난 숙녀의 옷자락을 이야기한다
목마는 주인을 버리고 거저 방울 소리만 울리며
가을 속으로 떠났다 술병에서 별이 떨어진다
상심한 별은 내 가슴에 가벼웁게 부서진다
그러한 잠시 내가 알던 소녀는
정원의 초목 옆에서 자라고
문학이 죽고 인생이 죽고
사랑의 진리마저 애증의 그림자를 버릴 때
목마를 탄 사랑의 사람은 보이지 않는다
세월은 가고 오는 것
한때는 고립을 피하여 시들어가고
이제 우리는 작별하여야 한다
술병이 바람에 쓰러지는 소리를 들으며
늙은 여류작가의 눈을 바라다보아야 한다

이어서

……등대에……
불이 보이지 않아도
거저 간직한 페시미즘의 미래를 위하여
우리는 처량한 목마 소리를 기억하여야 한다
모든 것이 떠나든 죽든
거저 가슴에 남은 희미한 의식을 붙잡고
우리는 버지니아 울프의 서러운 이야기를 들어야 한다
두 개의 바위틈을 지나 청춘을 찾은 뱀과 같이
눈을 뜨고 한 잔의 술을 마셔야 한다
인생은 외롭지도 않고
거저 잡지의 표지처럼 통속하거늘
한탄할 그 무엇이 무서워서 우리는 떠나는 것일까
목마는 하늘에 있고
방울 소리는 귓전에 철렁거리는데
가을 바람 소리는
내 쓰러진 술병 속에서 목메어 우는데

봄가을 없이 밤마다 돋는 달도
'예전엔 미처 몰랐어요.'

이렇게 사무치게 그리울 줄도
'예전엔 미처 몰랐어요.'

달이 암만 밝아도 쳐다볼 줄을
'예전엔 미처 몰랐어요.'

이제금 저 달이 설움인 줄은
'예전엔 미처 몰랐어요.'

봄은 간다 · 김억

밤이로다
봄이다

밤만도 애달픈데
봄만도 생각인데

날은 빠르다
봄은 간다

깊은 생각은 아득이는데
저 바람에 새가 슬피 운다

검은 내 떠돈다
종소리 빗긴다

말도 없는 밤의 설움
소리 없는 봄의 가슴

꽃은 떨어진다
님은 탄식한다

당신이 나를 스쳐보던 그 시선

그 시선이 멈추었던 그 순간

거기 나 영원히 있고 싶어

물끄러미

물

꾸러미

당신 것인 줄 알았는데

알고 보니 내 것인

물 한 꾸러미

그 속에서 헤엄치고 싶어

잠들면 내 가슴을 헤적이던

물의 나라ー

그곳으로 잠겨서 가고 싶어

당신 시선의 줄에 매달려 가는

조그만 어항이고 싶어

『당신의 첫』, 문학과지성사, 2008

눈 머금은 구름 새로
흰 달이 흐르고,

처마에 서린 탱자나무가 흐르고,

외로운 촛불이, 물새의 보금자리가 흐르고……

표범 껍질에 호젓하이 쌓이여
나는 이 밤, '적막한 홍수'를 누워 건네다.

눈어금은 구름 사로
흰달이 흐르고,

처마에서껀
댓잎나무가 흐르고,

맑은 촛불이, 물새의

보금자리가 흐르고……

푼병 깰집에
호젓하이쌍이여
나는 이밤,
적막한 홍수를
누워 건네다.

다정히도 불어오는 바람이길래
내 숨결 가볍게 실어 보냈지
하늘가을 스치고 휘도는 바람
어이면 한숨만 몰아다 주오

울타리에 가려서
아침 햇볕 보이지 않네

해바라기는
해를 보려고
키가 자란다

너를 기다리는 동안 ✽ 황지우

네가 오기로 한 그 자리에

내가 미리 가 너를 기다리는 동안

다가오는 모든 발자국은

내 가슴에 쿵쿵거린다―

바스락거리는 나뭇잎 하나도 다 네게 온다―

기다려 본 적이 있는 사람은 안다

세상에서 기다리는 일처럼 가슴 애리는 일 있을까

네가 오기로 한 그 자리, 내가 미리 와 있는 이곳에서

문을 열고 들어오는 모든 사람이

너였다가

너였다가, 너일 것이었다가

다시 문이 닫힌다―

사랑하는 이여

오지 않는 너를 기다리며

마침내 나는 너에게 간다―

아주 먼 데서 나는 너에게 가고

아주 오랜 세월을 다하여 너는 지금 오고 있다―

아주 먼 데서 지금도 천천히 오고 있는 너를

너를 기다리는 동안 나도 가고 있다

남들이 열고 들어오는 문을 통해

내 가슴에 쿵쿵거리는 모든 발자국 따라

너를 기다리는 동안 나는 너에게 가고 있다.

『게 눈 속의 연꽃』, 문학과지성사, 1990

누나!
이 겨울에도
눈이 가득히 왔습니다.

흰 봉투에

눈을 한 줌 넣고
글씨도 쓰지 말고
우표도 붙이지 말고
말쑥하게 그대로
편지를 부칠까요?

누나 가신 나라엔
눈이 아니 온다기에.

눈이 오는가 북쪽엔
함박눈 쏟아져 내리는가

험한 벼랑을 굽이굽이 돌아간
백무선 철길 우에
느릿느릿 밤새워 달리는
화물차의 검은 지붕에

연달린 산과 산 사이
너를 남기고 온
작은 마을에도 복된 눈 내리는가—

잉크병 얼어드는 이러한 밤에
어쩌자고 잠을 깨어
그리운 곳 차마 그리운 곳

눈이 오는가 북쪽엔
함박눈 쏟아져 내리는가

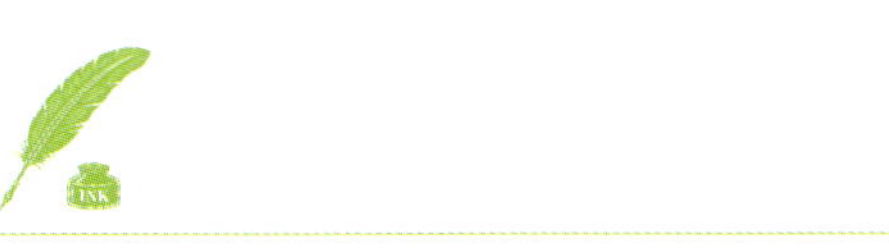

못 잊어 생각이 나겠지요,
그런대로 한세상 지내시구려,
사노라면 잊힐 날 있으리다.

못 잊어 생각이 나겠지요,
그런대로 세월만 가라시구려,
못 잊어도 더러는 잊히오리다.

그러나 또 한긋 이렇지요,
'그리워 살뜰히 못 잊는데,
어쩌면 생각이 떠지나요?'

가을날 노랗게 물들인 은행잎이
바람에 흔들려 휘날리듯이
그렇게 가오리다—
임께서 부르시면 … …

호수에 안개 끼어 자욱한 밤에
말없이 재 넘는 초승달처럼
그렇게 가오리다—
임께서 부르시면 … …

포근히 풀린 봄 하늘 아래
굽이굽이 하늘가에 흐르는 물처럼
그렇게 가오리다
임께서 부르시면 … …

파란 하늘에 백로가 노래하고
이른 봄 잔디밭에 스며드는 햇볕처럼
그렇게 가오리다—
임께서 부르시면 … …

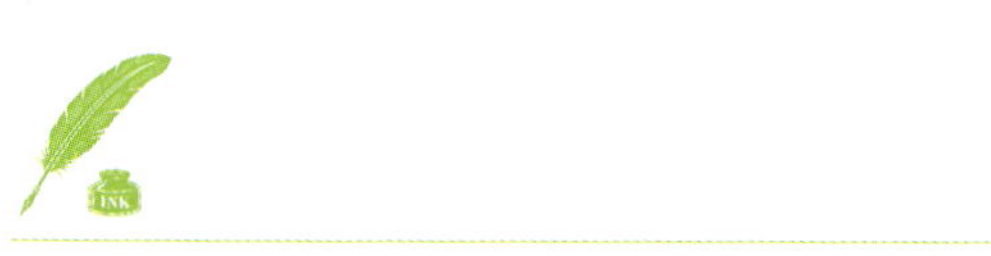

내가 당신을 사랑하는 것은 까닭이 없는 것이 아닙니다.
다른 사람들은 나의 홍안만을 사랑하지마는 당신은 나의 백발도
사랑하는 까닭입니다.

내가 당신을 그리워하는 것은 까닭이 없는 것이 아닙니다.
다른 사람들은 나의 미소만을 사랑하지마는 당신은 나의 눈물도
사랑하는 까닭입니다.

내가 당신을 기다리는 것은 까닭이 없는 것이 아닙니다.
다른 사람들은 나의 건강만을 사랑하지마는 당신은 나의 죽음도
사랑하는 까닭입니다.

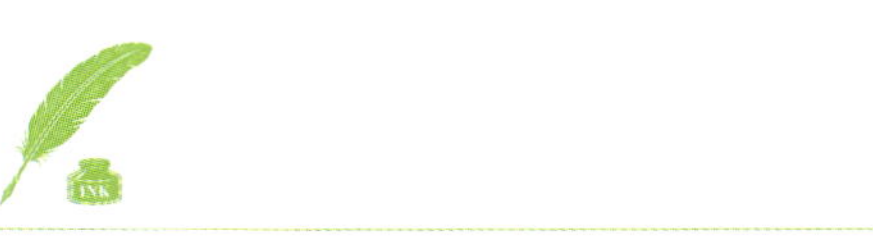

새벽에 너무 어두워
밥솥을 열어 봅니다
하얀 별들이 밥이 되어
으스러져라 껴안고 있습니다
별이 쌀이 될 때까지
쌀이 밥이 될 때까지 살아야 합니다.
그런 사랑 무르익고 있습니다

『냄비는 둥둥』, 창비, 2006

님아
지는 햇빛 붉으니
갈 길 빨리 걷자.

님아
눈섭 달빛 푸르니
갈 길 좀 더 가자.

님아
새벽 빛 희미하니
갈 길 마저 가자.

PART 2

보고 싶은 마음
호수만 하니
눈 감을밖에

한 여자 돌 속에 묻혀 있었네
그 여자 사랑에 나도 돌 속에 들어갔네
어느 여름 비 많이 오고
그 여자 울면서 돌 속에서 떠나갔네
떠나가는 그 여자 해와 달이 끌어주었네
남해 금산 푸른 하늘가에 나 혼자 있네
남해 금산 푸른 바닷물 속에 나 혼자 잠기네

『남해 금산』, 문학과지성사, 1986

밖은 봄철날 따지기의 누긋하니 푹석한 밤이다
거리에는 사람도 많이 나서 흥성흥성 할 것이다
어쩐지 이 사람들과 친하니 싸다니고 싶은 밤이다

그렇건만 나는 하이얀 자리 위에서 마른 팔뚝의
새파란 핏대를 바라보며 나는 가난한 아버지를
가진 것과 내가 오래 그려 오던 처녀가 시집을 간 것과
그렇게도 살뜰하던 동무가 나를 버린 일을 생각한다

또 내가 아는 그 몸이 성하고 돈도 있는 사람들이
즐거이 술을 먹으러 다닐 것과
내 손에는 신간서 하나도 없는 것과
그리고 그 '아서라 세상사'라도 들을
유성기도 없는 것을 생각한다

그리고 이러한 생각이 내 눈가를 내 가슴가를
뜨겁게 하는 것도 생각한다

그냥 좋은 것이
가장 좋은 것입니다―
어디가 좋고
무엇이 마음에 들면,
언제나 같을 수는 없는 사람
어느 순간 식상해질 수도 있는 것입니다―

그냥 좋은 것이
가장 좋은 것입니다―
특별히 끌리는 부분도
없을 수는 없겠지만
그 때문에 그가 좋은 것이 아니라―
그가 좋아 그 부분이 좋은 것입니다

그냥 좋은 것이
그저 좋은 것입니다―.

그리운 우리 님의 맑은 노래는
언제나 제 가슴에 젖어 있어요

긴 날을 문 밖에서 서서 들어도
그리운 우리 님의 고운 노래는
해지고 저물도록 귀에 들려요
밤들고 잠들도록 귀에 들려요

고이도 흔들리는 노랫가락에
내 잠은 그만이나 깊이 들어요
고적한 잠자리에 홀로 누워도
내 잠은 포스근히 깊이 들어요

그러나 자다 깨면 님의 노래는
하나도 남김없이 잃어버려요
들으면 듣는 대로 님의 노래는
하나도 남김없이 잊고 말아요

흔들리는 나뭇가지에 꽃 한번 피우려고
눈은 얼마나 많은 도전을 멈추지 않았으랴—

싸그락 싸그락 두드려 보았겠지
난분분 난분분 춤추었겠지
미끄러지고 미끄러지길 수백 번,

바람 한 자락 불면 휙 날아갈 사랑을 위하여
햇솜 같은 마음을 다 퍼부어 준 다음에야
마침내 피워 낸 저 황홀 보아라—

봄이면 가지는 그 한번 덴 자리에
세상에서 가장 아름다운 상처를 터뜨린다—

사랑하는 사람 앞에서는
사랑한다는 말을 안 합니다.
아니하는 것이 아니라
못하는 것이 사랑의 진실입니다.

잊어버려야 하겠다는 말은
잊을 수 없다는 말입니다.
정말 잊고 싶을 때는 말이 없습니다.

헤어질 때 돌아보지 않는 것은
너무 헤어지기 싫기 때문입니다.

그것은 헤어지는 것이 아니라
같이 있다는 말입니다.

사랑하는 사람 앞에서 웃는 것은
그만큼 행복하다는 말입니다.

떠날 때 울면 잊지 못하는 증거요,
뛰다가 가로등에 기대어 울면
오로지 당신만을 사랑한다는 증거입니다.

잠시라도 같이 있음을 기뻐하고
애처롭기까지 한 사랑을 할 수 있음에 감사하고

주기만 하는 사랑이라 지치지 말고
더 많이 줄 수 없음을 아파하고

남과 함께 즐거워한다고 질투하지 않고
그의 기쁨이라 여겨 함께 기뻐할 줄 알고

깨끗한 사랑으로 오래 기억할 수 있는
나 당신을 그렇게 사랑합니다.

나 그렇게 당신을 사랑합니다.

호수1 * 정지용

얼굴 하나아―
손바닥 둘로
폭 가리지만,

보고 싶은 마음
호수만 하니
눈 감을밖에.

꿈길밖에 길이 없어 꿈길로 가니
그 임은 나를 찾아 길 떠나셨네
이 뒤에는 밤마다 어긋나는 꿈
같이 떠나 도중에서 만나를 지고

너에게로 가지 않으려고 미친 듯 걸었던
그 무수한 길도
실은 네게로 향한 것이었다

까마득한 밤길을 혼자 걸어갈 때에도
내 응시에 날아간 별은
네 머리 위에서 반짝였을 것이고
내 한숨과 입김에 꽃들은
네게로 웃음 기울여 흔들렸을 것이다

사랑에서 치욕으로,
다시 치욕에서 사랑으로,
하루에도 몇 번씩 네게로 드리웠던 두레박

그러나 매양 퍼 올린 것은
수만 갈래의 길이었을 따름이다
은하수의 한 별이 또 하나의 별을 찾아가는
그 수만의 길을 나는 걷고 있는 것이다

나의 생애는
모든 지름길을 돌아서
네게로 난 단 하나의 에움길이었다

꽃가루와 같이 부드러운 고양이의 털에
고운 봄의 향기가 어리우도다.

금방울과 같이 호동그란 고양이의 눈에
미친 봄의 불길이 흐르도다.

고요히 다물은 고양이의 입술에
포근한 봄의 졸음이 떠돌아라.

날카롭게 쭉 뻗은 고양이의 수염에
푸른 봄의 생기가 뛰놀아라.

나 보기가 역겨워
가실 때에는
말없이 고이 보내 드리오리다

영변에 약산
진달래꽃
아름 따다 가실 길에 뿌리오리다

가시는 걸음걸음
놓인 그 꽃을
사뿐히 즈려밟고 가시옵소서

나 보기가 역겨워
가실 때에는
죽어도 아니 눈물 흘리오리다

나즉하고 그윽하게 부르는 소리 있어
나아가보니, 아, 나아가보니―
졸음 잔뜩 실은 듯한 젖빛 구름만이
무척이나 가쁜 듯이, 한없이 게으르게
푸른 하늘 위를 거닌다.
아, 잃은 것 없이 서운한 나의 마음!

나즉하고 그윽하게 부르는 소리 있어
나아가보니, 아, 나아가보니―
아렴풋이 나는 지난날의 회상같이
떨리는 뵈지 않는 꽃의 입김만이
그의 향기로운 자랑 앞에 자지러지노라!
아, 찔림 없이 아픈 나의 가슴!

나즉하고 그윽하게 부르는 소리 있어
나아가보니, 아, 나아가보니―
이제는 젖빛 구름도 꽃의 입김도 자취 없고
다만 비둘기 발목만 붉히는 은실 같은 봄비만이
노래도 없이 근심같이 내리노나!
아, 안 올 사람 기다리는 나의 마음!

내가 그의 이름을 불러 주기 전에는
그는 다만
하나의 몸짓에 지나지 않았다.

내가 그의 이름을 불러 주었을 때
그는 나에게로 와서
꽃이 되었다.

내가 그의 이름을 불러 준 것처럼
나의 이 빛깔과 향기에 알맞은
누가 나의 이름을 불러 다오.
그에게로 가서 나도
그의 꽃이 되고 싶다.

우리들은 모두
무엇이 되고 싶다.
너는 나에게 나는 너에게
잊혀지지 않는 하나의 눈짓이 되고 싶다.

해당화 * 한용운

당신은 해당화 피기 전에 오신다고 하였습니다.
봄은 벌써 늦었습니다.
봄이 오기 전에는 어서 오기를 바랐더니,
봄이 오고 보니 너무 일찍 왔나 두려워합니다.

철모르는 아이들은 뒷동산에 해당화가 피었다고,
다투어 말하기로 듣고도 못 들은 체하였더니,
야속한 봄바람은 나는 꽃을 불어서 경대 위에 놓습니다그려.
시름없이 꽃을 주워서 입술에 대고,
'너는 언제 피었니.' 하고 물었습니다.
꽃은 말도 없이 나의 눈물에 비쳐서 둘도 되고 셋도 됩니다.

내 마음을 아실 이
내 혼자 마음 나같이 아실 이
그래도 어디나 계실 것이면

내 마음에 때때로 어리는 티끌과
속임 없는 눈물의 간곡한 방울방울
푸른 밤 고이 맺는 이슬 같은 보람을
보밴 듯 감추었다 내어드리지

아! 그립다
내 혼자 마음 나같이 아실 이
꿈에나 아득히 보이는가

향 맑은 옥돌에 불이 달아
사랑은 타기도 하오련만
불빛에 연긴 듯 희미론 마음은
사랑도 모르리 내 혼자 마음은

사랑은 겁 없는 가슴으로로서
부드러운 님의 가슴에 건너 매여진
일렁일렁 흔들리는 실이니

사람이 목숨 가리지 않거든
그 흔들리는 실 끊어지기 전
저편 언덕 건너가자.

보아라, 거기!
아아니, 또 여기

까마득한 저문 바다 등대와 같이
짙어 가는 밤하늘에 별 낱과 같이
켜졌다 꺼졌다 깜박이는 반딧불.

아, 철없이 뒤따라 잡으려 마라.
장미꽃 향내와 함께 듣기만 하여라.
아낙네의 예쁨과 함께 맡기만 하여라.

잔디,
잔디,
금잔디,
심심산천에 붙는 불은
가신 님 무덤가에 금잔디
봄이 왔네, 봄빛이 왔네
버드나무 끝에도 실가지에.
봄빛이 왔네, 봄날이 왔네
심심산천에도 금잔디에.

사랑하는 것은
사랑을 받느니보다 행복하나니라.
오늘도 나는
에메랄드빛 하늘이 환히 내다뵈는
우체국 창문 앞에 와서 너에게 편지를 쓴다

행길을 향한 문으로 숱한 사람들이
제각기 한 가지씩 생각에 족한 얼굴로 와선
총총히 우표를 사고 전보지를 받고
먼 고향으로 또는 그리운 사람께로
슬프고 즐겁고 다정한 사연들을 보내나니.

세상의 고달픈 바람결에 시달리고 나부끼어
더욱더 의지 삼고 피어 흐클어진 인정의 꽃밭에서
너와 나의 애틋한 연분도
한방울 연연한 양귀비꽃인지도 모른다.

사랑하는 것은
사랑을 받느니보다 행복하나니라.
오늘도 나는 너에게 편지를 쓰나니
그리운 이여, 그러면 안녕!
설령 이것이 이 세상 마지막 인사가 될지라도
사랑하였으므로 나는 진정 행복하였네라.

우리 모두 잊혀진 얼굴들처럼
모르고 살아가는 남이 되기 싫은 까닭이다
기를 꽂고 산들, 무얼 하나
꽃이 내가 아니듯
내가 꽃이 될 수 없는 지금
물빛 몸매를 감은
한 마리 외로운 학으로 산들 무얼 하나
사랑하기 이전부터
기다림을 배워버린 습성으로 인해
온 밤내 비가 내리고 이젠 내 얼굴에도
강물이 흐르는데
가슴에 돌단을 쌓고
손 흔들던 기억보다 간절한 것은
보고 싶다는 단 한마디
먼지 나는 골목을 돌아서다가
언뜻 만나서 스쳐간 바람처럼
쉽게 잊혀져버린 얼굴이 아닌 다음에야
신기루의 이야기도 아니고
하늘을 돌아 떨어진 별의 이야기도 아니고
우리 모두 잊혀진 얼굴들처럼
모르고 살아가는 남이 되기 싫은 까닭이다

이름은 잊었지만
그의 눈동자 입술은
내 가슴에 있어

세월이 가면 · 박인환

지금 그 사람 이름은 잊었지만
그의 눈동자 입술은
내 가슴에 있어.

바람이 불고
비가 올 때도
나는 저 유리창 밖
가로등 그늘의 밤을 잊지 못하지

사랑은 가고
과거는 남는 것
여름날의 호숫가
가을의 공원
그 벤치 위에
나뭇잎은 떨어지고
나뭇잎은 흙이 되고
나뭇잎에 덮여서
우리들 사랑이 사라진다 해도

지금 그 사람 이름은 잊었지만
그의 눈동자 입술은
내 가슴에 있어
내 서늘한 가슴에 있건만

님이면은 나를 사랑하련마는 밤마다 문밖에 와서
발자취 소리만 내이고 한 번도 들어오지 아니하고
도로 가니 그것이 사랑인가요.
그러나 나는 발자취나마 님의 문밖에 가본 적이
없습니다.
아마 사랑은 님에게만 있나 봐요.

아아, 발자취 소리나 아니더면 꿈이나 아니 깨었
으련마는 꿈은 님을 찾아가려고 구름을 탔었어요.

당신님의 편지를
받은 그날로
서러운 풍설이 돌았습니다.

물에 던져 달라고 하신 그 뜻은
언제나 꿈꾸며 생각하라는
그 말씀인 줄 압니다.

흘려 쓰신 글씨나마
언문 글자로
눈물이라고 적어 보내셨지요.

물에 던져 달라고 하신 그 뜻은
뜨거운 눈물 방울방울 흘리며,
맘 곱게 읽어 달라는 말씀이지요.

4 · 19가 나던 해 세밑
우리는 오후 다섯 시에 만나
반갑게 악수를 나누고
불도 없이 차가운 방에 앉아
하얀 입김 뿜으며
열띤 토론을 벌였다
어리석게도 우리는 무엇인가를
정치와는 전혀 관계없는 무엇인가를
위해서 살리라 믿었던 것이다
결론 없는 모임을 끝낸 밤
혜화동 로터리에서 대포를 마시며
사랑과 아르바이트와 병역 문제 때문에
우리는 때 묻지 않은 고민을 했고
아무도 귀 기울이지 않는 노래를
누구도 흉내 낼 수 없는 노래를
저마다 목청껏 불렀다
돈을 받지 않고 부르는 노래는
겨울밤 하늘로 올라가
별똥별이 되어 떨어졌다

이어서

그로부터 18년 오랜만에
우리는 모두 무엇인가 되어
혁명이 두려운 기성세대가 되어
넥타이를 매고 다시 모였다
회비를 만 원씩 걷고
처자식들의 안부를 나누고
월급이 얼마인가 서로 물었다
치솟는 물가를 걱정하며
즐겁게 세상을 개탄하고
익숙하게 목소리를 낮추어
떠도는 이야기를 주고받았다
모두가 살기 위해 살고 있었다
아무도 이젠 노래를 부르지 않았다
적잖은 술과 비싼 안주를 남긴 채
우리는 달라진 전화번호를 적고 헤어졌다
몇이서는 포커를 하러 갔고
몇이서는 춤을 추러 갔고
몇이서는 허전하게 동숭동 길을 걸었다
돌돌 말은 달력을 소중하게 옆에 끼고
오랜 방황 끝에 되돌아온 곳
우리의 옛사랑이 피 흘린 곳에
낯선 건물들 수상하게 들어섰고

이어서

플라타너스 가로수들은 여전히 제자리에 서서
아직도 남아 있는 몇 개의 마른 잎 흔들며
우리의 고개를 떨구게 했다
부끄럽지 않은가
부끄럽지 않은가
바람의 속삭임 귓전으로 흘리며
우리는 짐짓 중년기의 건강을 이야기했고
또 한 발짝 깊숙이 늪으로 발을 옮겼다

내 고장 칠월은
청포도가 익어가는 시절

이 마을 전설이 주저리주저리 열리고
먼 데 하늘이 꿈꾸며 알알이 들어와 박혀

하늘 밑 푸른 바다가 가슴을 열고
흰 돛단배가 곱게 밀려서 오면

내가 바라는 손님은 고달픈 몸으로
청포를 입고 찾아온다고 했으니

내 그를 맞아 이 포도를 따 먹으면
두 손은 함뿍 적셔도 좋으련

아이야 우리 식탁엔 은쟁반에
하이얀 모시 수건을 마련해두렴

신 살구를 잘도 먹더니 눈 오는 아침
나어린 아내는 첫아들을 낳았다

인가 멀은 산중에
까치는 배나무에서 짖는다

컴컴한 부엌에서는 늙은 홀아비의 시아버지가
미역국을 끓인다
그 마음의 외딸은 집에서도 산국을 끓인다

아무도 그에게 수심을 일러 준 일이 없기에
흰나비는 도무지 바다가 무섭지 않다.

청무우밭인가 해서 내려갔다가는
어린 날개가 물결에 절어서
공주처럼 지쳐서 돌아온다.

삼월달 바다가 꽃이 피지 않아서 서글픈
나비 허리에 새파란 초승달이 시리다.

새로운 길 · 윤동주

내를 건너서 숲으로
고개를 넘어서 마을로

어제도 가고 오늘도 갈
나의 길 새로운 길

민들레가 피고 까치가 날고
아가씨가 지나고 바람이 일고

나의 길은 언제나 새로운 길
오늘도…… 내일도……

내를 건너서 숲으로
고개를 넘어서 마을로

시월에는
물드는 잎사귀마다 음색이 있어요

봄과 여름의 물새는 어디로 갔을까요
빛의 이끌루인 보름달은 어디로 갔을까요
뒤섞여 있던 초록들은 누구의 헛간으로 갔을까요

나는 갈대의 흰 얼굴 속에 있었어요
마른 잎에서는 나의 눈을 보았어요

얇고 고요한 물, 꺾인 꽃대, 물에 잠기는 석양
그리고 그 곁엔
간병인인 시월

『아침은 생각한다』, 창비, 2022

지금은 남의 땅―빼앗긴 들에도 봄은 오는가?

나는 온몸에 햇살을 받고
푸른 하늘 푸른 들이 맞붙은 곳으로
가르마 같은 논길을 따라 꿈속을 가듯 걸어만 간다.

입술을 다문 하늘아 들아
내 맘에는 내 혼자 온 것 같지를 않구나
네가 끌었느냐 누가 부르더냐 답답해라 말을 해 다오.

바람은 내 귀에 속삭이며
한 자국도 서지 마라 옷자락을 흔들고
종다리는 울타리 너머 아가씨같이 구름 뒤에서 반갑다 웃네.

고맙게 잘 자란 보리밭아
간밤 자정이 넘어 내리던 고운 비로
너는 삼단 같은 머리를 감았구나 내 머리조차 가뿐하다.

이어서

혼자라도 가쁘게나 가자
마른 논을 안고 도는 착한 도랑이
젖먹이 달래는 노래를 하고 제 혼자 어깨춤만 추고 가네.

나비 제비야 조르지 마라
민들레 제비꽃에도 인사를 해야지
아주까리 기름을 바른 이가 김을 매던 그 들이라 다 보고 싶다.

내 손에 호미를 쥐어 다오
살찐 젖가슴과 같은 부드러운 이 흙을
발목이 시리도록 밟아도 보고 좋은 땀조차 흘리고 싶다.

강가에 나온 아이와 같이
짬도 모르고 끝도 없이 닫는 내 혼아
무엇을 찾느냐 어디로 갔느냐 우습다 답을 하려무나.

나는 온몸에 풋내를 띄고
푸른 웃음 푸른 설움이 어우러진 사이로
다리를 절며 하루를 걷는다 아마도 봄 신령이 지폈나 보다.

그러나 지금은—들을 빼앗겨 봄조차 빼앗기겠네.

이웃의 한 젊은이를 위하여

가난하다고 해서 외로움을 모르겠는가
너와 헤어져 돌아오는
눈 쌓인 골목길에 새파랗게 달빛이 쏟아지는데.
가난하다고 해서 두려움이 없겠는가
두 점을 치는 소리
방범대원의 호각소리 메밀묵 사려 소리에
눈을 뜨면 멀리 육중한 기계 굴러가는 소리.
가난하다고 해서 그리움을 버렸겠는가
어머님 보고 싶소 수없이 되어 보지만
집 뒤 감나무에 까치밥으로 하나 남았을
새빨간 감 바람소리도 그려 보지만.
가난하다고 해서 사랑을 모르겠는가
내 볼에 와닿던 네 입술의 뜨거움
사랑한다고 사랑한다고 속삭이던 네 숨결
돌아서는 내 등뒤에 터지던 네 울음.
가난하다고 해서 왜 모르겠는가
가난하기 때문에 이것들을
이 모든 것들을 버려야 한다는 것을.

나는 나룻배
당신은 행인.

당신은 흙발로 나를 짓밟습니다.
나는 당신을 안고 물을 건너갑니다.
나는 당신을 안으면 깊으나 얕으나 급한 여울이나 건너갑니다.
만일 당신이 아니 오시면 나는 바람을 쐬고 눈비를 맞으며 밤에
서 낮까지 당신을 기다리고 있습니다.

당신은 물만 건너면 나를 돌아보지도 않고 가십니다그려.
그러나 당신이 언제든지 오실 줄만은 알아요.
나는 당신을 기다리면서 날마다 날마다 낡아갑니다.

나는 나룻배
당신은 행인.

송아지는 저마다
먼산바라기

할 말이 있는데도
고개 숙이고
입을 다물고

새김질 싸각싸각
하다 멈추다

그래도 어머니가
못 잊어라고
못 잊어라고

가다가 엄매-
놀다가도 엄매-

산에 둥실
구름이 가고
구름이 오고

송아지는 영영
먼산바라기

여보
내 마음은 유린가 봐 겨울 한울처럼
이처럼 작은 한숨에도 흐려버리니……

만지면 무쇠같이 굳은 체하더니
하로밤 찬 서리에도 금이 갔구료

눈포래 부는 날은 소리치고 우오
밤이 물러간 뒷면 온 빰에 눈물이 어리오

타지 못하는 정열 박쥐들의 등대
밤마다 날어가는 별들이 부러워 처다보며 밝히오

여보
내 마음은 유린가 봐
달빛에도 이렇게 부서지니

그립다
말을 할까
하니 그리워

그냥 갈까
그래도
다시 더 한 번……

저 산에도 까마귀, 들에 까마귀,
서산에는 해 진다고
지저귑니다.

앞 강물, 뒷 강물,
흐르는 물은
어서 따라오라고 따라가자고
흘러도 연달아 흐릅디다려.

산모퉁이를 돌아 논가 외딴 우물을 홀로 찾아가선 가만히 들여
다봅니다.
우물 속에는 달이 밝고 구름이 흐르고 하늘이 펼치고 파아란 바
람이 불고 가을이 있습니다.

그리고 한 사나이가 있습니다.
어쩐지 그 사나이가 미워져 돌아갑니다.

돌아가다 생각하니 그 사나이가 가엾어집니다.
도로 가 들여다보니 사나이는 그대로 있습니다.

다시 그 사나이가 미워져 돌아갑니다.
돌아가다 생각하니 그 사나이가 그리워집니다.

우물 속에는 달이 밝고 구름이 흐르고 하늘이 펼치고 파아란 바
람이 불고 가을이 있고 추억처럼 사나이가 있습니다.

아름다운
하늘 밑
너도야 왔다 가는구나
쓸쓸한 세상세월
너도야 왔다 가는구나

다시는
못 만날지라도 먼 훗날
무덤 속 누워 추억하자,
호젓한 산골길서 마주친
그날, 우리 왜
인사도 없이
지나쳤던가, 하고,

『누가 하늘을 보았다 하는가』, 창비, 1989

거울 • 이상

거울속에는소리가없소
저렇게까지조용한세상은참없을것이오

거울속에도내게귀가있소
내말을못알아듣는딱한귀가두개나있소

거울속의나는왼손잡이오
내악수를받을줄모르는—악수를모르는왼손잡이오

거울때문에나는거울속의나를만져보지못하는구료마는
거울아니었던들내가어찌거울속의나를만나보기만이라도했겠소

나는지금거울을안가졌소만거울속에는늘거울속의내가있소
잘은모르지만외로된사업에골몰할게요

거울속의나는참나와는반대요마는
또꽤닮았소
나는거울속의나를근심하고진찰할수없으니퍽섭섭하오

유리에 차고 슬픈 것이 어른거린다.
열없이 붙어서서 입김을 흐리우니
길들은 양 언 날개를 파다거린다.

지우고 보고 지우고 보아도
새까만 밤이 밀려나가고 밀려와 부딪치고,
물먹은 별이, 반짝, 보석처럼 박힌다—

밤에 홀로 유리를 닦는 것은
외로운 황홀한 심사이어니,
고운 폐혈관이 찢어진 채로
아아, 너는 산새처럼 날아갔구나!

이대로 가랴마는 * 박용철

설만들 이대로 가기야 하랴마는
이대로 간단들 못 간다 하랴마는

바람도 없이 고이 떨어지는 꽃잎같이
파란 하늘에 사라져 버리는 구름쪽같이

조그만 열로 지금 수떠리는 피가 멈추고
가는 숨길이 여기서 끝맺는다면—

아— 얇은 빛 들어오는 영창 아래서
차마 흐르지 못하는 눈물이 온 가슴에 젖어 내리네.

내 마음 고요히 고운
봄 길 위에 오늘 하루
하늘을 우러르고 싶다

흔들리지 않고 피는 꽃이 어디 있으랴

이 세상 그 어떤 아름다운 꽃들도

다 흔들리면서 피었나니

흔들리면서 줄기를 곧게 세웠나니

흔들리지 않고 가는 사랑이 어디 있으랴.

젖지 않고 피는 꽃이 어디 있으랴

이 세상 그 어떤 빛나는 꽃들도

다 젖으며 젖으며 피었나니

바람과 비에 젖으며 꽃잎 따뜻하게 피었나니

젖지 않고 가는 삶이 어디 있으랴.

님은 갔습니다. 아아, 사랑하는 나의 님은 갔습니다.

푸른 산빛을 깨치고 단풍나무 숲을 향하여 난 작은 길을 걸어서 차마 떨치고 갔습니다.

황금의 꽃같이 굳고 빛나던 옛 맹세는 차디찬 티끌이 되어서 한숨의 미풍에 날아갔습니다.

날카로운 첫 키스의 추억은 나의 운명의 지침을 돌려놓고 뒷걸음쳐서 사라졌습니다.

나는 향기로운 님의 말소리에 귀먹고 꽃다운 님의 얼굴에 눈멀었습니다.

사랑도 사람의 일이라 만날 때에 미리 떠날 것을 염려하고 경계하지 아니한 것은 아니지만, 이별은 뜻밖의 일이 되고 놀란 가슴은 새로운 슬픔에 터집니다.

그러나 이별은 쓸데없는 눈물의 원천을 만들고 마는 것은 스스로 사랑을 깨치는 것인 줄 아는 까닭에 걷잡을 수 없는 슬픔의 힘을 옮겨서 새 희망의 정수리에 들어부었습니다.

우리는 만날 때에 떠날 것을 염려하는 것과 같이 떠날 때에 다시 만날 것을 믿습니다.

아아, 님은 갔지마는 나는 님을 보내지 아니하였습니다.

제 곡조를 못 이기는 사랑의 노래는 님의 침묵을 휩싸고 돕니다.

더러는
옥토에 떨어지는 작은 생명이고저……

흠도 티도,
금 가지 않은
나의 전체는 오직 이뿐!

더욱 값진 것으로
드리라 하올 제,

나의 가장 나아중 지닌 것도 오직 이뿐!

아름다운 나무의 꽃이 시듦을 보시고
열매를 맺게 하신 당신은

나의 웃음을 만드신 후에
새로이 나의 눈물을 지어 주시다.

죽는 날까지 하늘을 우러러
한 점 부끄럼이 없기를,
잎새에 이는 바람에도
나는 괴로워했다.
별을 노래하는 마음으로
모든 죽어 가는 것을 사랑해야지.
그리고 나에게 주어진 길을
걸어가야겠다.

오늘 밤에도 별이 바람에 스치운다.

남으로 창을 내겠소
밭이 한참갈이
괭이로 파고
호미론 풀을 매지요
구름이 꼬인다 갈 리 있소
새 노래는 공으로 들으려오
강냉이가 익걸랑
함께 와 자셔도 좋소

왜 사냐건
웃지요.

초혼 * 김소월

산산이 부서진 이름이여!
허공 중에 헤어진 이름이여!
불러도 주인 없는 이름이여!
부르다가 내가 죽을 이름이여!

심중에 남아 있는 말 한마디는
끝끝내 마저 하지 못하였구나.
사랑하던 그 사람이여!
사랑하던 그 사람이여!

붉은 해는 서산마루에 걸리었다.
사슴의 무리도 슬피 운다.
떨어져 나가 앉은 산 위에서
나는 그대의 이름을 부르노라.

이어서

설움에 겹도록 부르노라.
설움에 겹도록 부르노라.
부르는 소리는 비껴가지만
하늘과 땅 사이가 너무 넓구나.

선 채로 이 자리에 돌이 되어도
부르다가 내가 죽을 이름이여!
사랑하던 그 사람이여!
사랑하던 그 사람이여!

남을 사랑하는 사람이 되고 싶었는데

남보다 나를 더 사랑하는 사람이

되고 말았다

가난한 식사 앞에서

기도를 하고

밤이면 고요히

일기를 쓰는 사람이 되고 싶었는데

구겨진 속옷을 내보이듯

매양 허물만 내보이는 사람이 되고 말았다

사랑하는 사람아

너는 내 가슴에 아직도

눈에 익은 별처럼 박혀 있고

나는 박힌 별이 돌처럼 아파서

이렇게 한 생애를 허둥거린다.

돌담에 속삭이는 햇발같이
풀 아래 웃음 짓는 샘물같이
내 마음 고요히 고운 봄 길 위에
오늘 하루 하늘을 우러르고 싶다

새악시 볼에 떠오는 부끄럼같이
시의 가슴을 살포시 적시는 물결같이
보드레한 에메랄드 얇게 흐르는
실비단 하늘을 바라보고 싶다

까마득한 날에
하늘이 처음 열리고
어디 닭 우는 소리 들렸으랴─

모든 산맥들이
바다를 연모해 휘달릴 때도
차마 이곳을 범하진 못하였으리라─

끊임없는 광음을
부지런한 계절이 피어선 지고
큰 강물이 비로소 길을 열었다

지금 눈 내리고
매화 향기 홀로 아득하니
내 여기 가난한 노래의 씨를 뿌려라─

다시 천고의 뒤에
백마 타고 오는 초인이 있어
이 광야에서 목놓아 부르게 하리라─

접동
접동
아우래비 접동

진두강 가람가에 살던 누나는
진두강 앞마을에
와서 웁니다.

옛날, 우리나라
먼 뒤쪽의
진두강 가람가에 살던 누나는
의붓어미 시샘에 죽었습니다.

누나라고 불러보랴
오오 불설워
시새움에 몸이 죽은 우리 누나는
죽어서 접동새가 되었습니다.

이어서

아홉이나 남아 되는 오랩동생을
죽어서도 못 잊어 차마 못 잊어
야삼경 남 다 자는 밤이 깊으면
이 산 저 산 옮아가며 슬피 웁니다.

구름 * 박인환

어린 생각이 부서진 하늘에
어머니 구름 작은 구름들이
사나운 바람을 벗어난다.

밤비는
구름의 층계를 뛰어내려
우리에게 봄을 알려주고

모든 것이 생명을 찾았을 때
달빛은 구름 사이로
지상의 행복을 빌어주었다.

이어서

새벽 문을 여니
안개보다 따스한 호흡으로
나를 안아주던 구름이여
시간은 흘러가
네 모습은 또 다시 하늘에
어느 곳에서도 바라볼 수 있는

우리의 전형
서로 손잡고 모이면
크게 한 몸이 되어
살다는 피곤함으로 흘러가는 구름
그러나 자유 속에서
아름다운 석양 옆에서
헤매는 것이
얼마나 좋으니

오늘 저녁 이 좁다란 방의 흰 바람벽에
어쩐지 쓸쓸한 것만이 오고 간다
이 흰 바람벽에
희미한 십오촉 전등이 지치운 불빛을 내어던지고
때글은 다 낡은 무명셔츠가 어두운 그림자를 쉬이고
그리고 또 달디단 따끈한 감주나 한잔 먹고 싶다고 생각하는
내 가지가지 외로운 생각이 헤매인다
그런데 이것은 또 어인 일인가
이 흰 바람벽에
내 가난한 늙은 어머니가 있다
내 가난한 늙은 어머니가
이렇게 시퍼러둥둥하니 추운 날인데 차디찬 물에 손을 담그고
무이며 배추를 씻고 있다
또 내 사랑하는 사람이 있다
내 사랑하는 어여쁜 사람이
어느 먼 앞대 조용한 개포가의 나지막한 집에서
그의 지아비와 마주 앉아 대굿국을 끓여 놓고 저녁을 먹는다
벌써 어린것도 생겨서 옆에 끼고 저녁을 먹는다

이어서

그런데 또 이즈막하여 어느 사이엔가
이 흰 바람벽엔
내 쓸쓸한 얼굴을 쳐다보며
이러한 글자들이 지나간다
—나는 이 세상에서 가난하고 외롭고 높고 쓸쓸하니 살아가
　도록 태어났다
　그리고 이 세상을 살아가는데
　내 가슴은 너무도 많이 뜨거운 것으로 호젓한 것으로 사랑
　으로 슬픔으로 가득찬다
그리고 이번에는 나를 위로하는 듯이 나를 울력하는 듯이
눈질을 하며 주먹질을 하며 이런 글자들이 지나간다
—하늘이 이 세상을 내일 적에 그가 가장 귀해하고 사랑하는 것
　들은 모두
　가난하고 외롭고 높고 쓸쓸하니 그리고 언제나 넘치는 사랑
　과 슬픔 속에 살도록 만드신 것이다
　초생달과 바구지꽃과 짝새와 당나귀가 그러하듯이
　그리고 또 '프랑시스 잠'과 도연명과 '라이너 마리아 릴케'가
　그러하듯이

마음은 피어
포기 포기 어둠에 젖어

이 밤
호올로 타는 촛불을 거느리고

어느 벌판에로 가리
어른거리는 모습아다
검은 머리 향그러히 검은 머리
가슴을 덮고 숨고 마는데

병들어 벗도 없는 고을에
눈은 내리고
멀리서 철길이 운다

나의 소년 시절은 은빛 바다가 엿보이는 그 긴 언덕길을 어머니
의 상여와 함께 꼬부라져 돌아갔다.

내 첫사랑도 그 길 위에서 조약돌처럼 집었다가 조약돌처럼 잃
어버렸다.

그래서 나는 푸른 하늘빛에 혼자 때 없이 그 길을 넘어 강가로
내려갔다가도 노을에 함뿍 자주빛으로 젖어서 돌아오곤 했다.

그 강가에는 봄이, 여름이, 가을이, 겨울이 나의 나이와 함께 여
러 번 다녀갔다. 까마귀도 날아가고 두루미도 떠나간 다음에는
누런 모래둔과 그리고 어두운 내 마음이 남아서 몸서리쳤다. 그
런 날은 항용 감기를 만나서 돌아와 앓았다.

할아버지도 언제 난지를 모른다는 동구 밖 그 늙은 버드나무
밑에서 나는 지금도 돌아오지 않는 어머니, 돌아오지 않는 계
집애, 돌아오지 않는 이야기가 돌아올 것만 같아 멍하니 기다
려 본다. 그러면 어느새 어둠이 기어와서 내 뺨의 얼룩을 씻어
준다.

이 슬픔은 오래 만졌다
지갑처럼 가슴에 지니고 다녀
따뜻하기까지 하다
제자리에 다 들어가 있다

이 불행 또한 오래되었다.
반지처럼 손가락에 끼고 있어
어떤 때에는 표정이 있는 듯하다
반짝일 때도 있다.

손때가 묻으면
낯선 것들 불편한 것들도
남의 것들 멀리 있는 것들도 다 내 것
문 밖에 벗어놓은 구두가 내 것이듯

오래 만진 슬픔 이문재

이 슬픔은 오래 만졌다—
지갑처럼 가슴에 지니고 다녀
따뜻하기까지 하다—
제자리에 다 들어가 있다

이 불행 또한 오래되었다
반지처럼 손가락에 끼고 있어
어떤 때에는 표정이 없는 듯하다—
반짝일 때도 있다.

갑자기 찾아온

이 고통도 오래 매만져야겠다—

주머니에 넣고 손에 익을 때까지

각지고 모서리 닳아 없어질 때까지

그리하여 마음 안에 한 자리 차지할 때까지

이 괴로움 오래 다듬어야겠다—

그렇지 아니한가

우리를 힘들게 한 것들이

우리의 힘을 빠지게 한 것들이

어느덧 우리의 힘이 되지 않았는가

내 마음의 어딘 듯 한편에 끝없는
강물이 흐르네
돋쳐 오르는 아침 날빛이 빤질한
은결을 돋우네
가슴엔 듯 눈엔 듯 또 핏줄엔 듯
마음이 도른도른 숨어 있는 곳
내 마음의 어딘 듯 한편에 끝없는
강물이 흐르네

봄은 와서 * 김억

봄은 와서,

창 앞의 뜰에는 속살거리는 병아리 소리,

문 앞의 밭에는 재갈거리는 아이들 소리,

집 뒤의 산에는 벙벙하는 후투티 소리,

먼 산에는 아지랑이가 보이하여라.

봄은 와서,

돌돌 흐르는 냇물의 소리,

철썩거리는 빨래의 마치 소리,

살살 부는 보드라운 바람 소리,

하늘에는 다사한 해가 떴어라.

매운 계절의 채찍에 갈겨
마침내 북방으로 휩쓸려 오다

하늘도 그만 지쳐 끝난 고원
서릿발 칼날 진 그 위에 서다

어디다 무릎을 꿇어야 하나
한 발 제겨디딜 곳조차 없다

이러매 눈 감아 생각해 볼밖에
겨울은 강철로 된 무지갠가 보다

어두운 방 안엔
빠알간 숯불이 피고,

외로이 늙으신 할머니가
애처로이 잦아드는 어린 목숨을 지키고 계시었다.

이윽고 눈 속을
아버지가 약을 가지고 돌아오시었다.

아 아버지가 눈을 헤치고 따오신
그 붉은 산수유 열매 —

나는 한 마리 어린 짐승
젊은 아버지의 서느런 옷자락에
열로 상기한 볼을 말없이 부비는 것이었다 —

이어서

이따금 뒷문을 눈이 치고 있었다.
그날 밤이 어쩌면 성탄제의 밤이었을지도 모른다.

어느새 나도
그때의 아버지만큼 나이를 먹었다.

옛것이라곤 거의 찾아볼 길 없는
성탄제 가까운 도시에는
이제 반가운 그 옛날의 것이 내리는데,

서러운 서른 살의 나의 이마에
불현듯 아버지의 서느런 옷자락을 느끼는 것은

눈 속에 따오신 산수유 붉은 알알이
아직도 내 혈액 속에 녹아 흐르는 까닭일까.

파란 녹이 낀 구리 거울 속에
내 얼굴이 남아 있는 것은
어느 왕조의 유물이기에
이다지도 욕될까.

나는 나의 참회의 글을 한 줄에 줄이자.
─만 이십사 년 일 개월을
　무슨 기쁨을 바라 살아왔던가.

내일이나 모레나 그 어느 즐거운 날에
나는 또 한 줄의 참회록을 써야 한다.
─그때 그 젊은 나이에
　왜 그런 부끄런 고백을 했던가.

밤이면 밤마다 나의 거울을
손바닥으로 발바닥으로 닦아 보자.

그러면 어느 운석 밑으로 홀로 걸어가는
슬픈 사람의 뒷모양이
거울 속에 나타나온다.

내가 사는 것은 다만,
잃은 것을 찾는
까닭입니다

사람이 온다는 건
실은 어마어마한 일이다.
그는
그의 과거와
현재와
그리고
그의 미래와 함께 오기 때문이다.
한 사람의 일생이 오기 때문이다.
부서지기 쉬운
그래서 부서지기도 했을
마음이 오는 것이다 ― 그 갈피를
아마 바람은 더듬어 볼 수 있을
마음,
내 마음이 그런 바람을 흉내낸다면
필경 환대가 될 것이다.

『광휘의 속삭임』, 문학과지성사, 2008

곰칫국
밥 말아 먹다
먼 바다 물소리 듣는데

저녁상 가득 채우는
달빛이 봉긋해라

가난한 밥상에도 바다는 찰랑대고
모자라는 그릇 자리 둥근 달이 채워 주던
그 밤의 숟가락 소리

달그락거리며 쓰다듬던
곳간의 밑바닥 소리

이제는
잔가시 골라 건넬
어머니도 없구나

먼 훗날 당신이 찾으시면
그때에 내 말이 '잊었노라'

당신이 속으로 나무라면
'무척 그리다가 잊었노라'

그래도 당신이 나무라면
'믿기지 않아서 잊었노라'

오늘도 어제도 아니 잊고
먼 훗날 그때에 '잊었노라'

여기저기서 단풍잎 같은 슬픈 가을이 뚝뚝 떨어진다. 단풍잎 떨어져 나온 자리마다 봄을 마련해 놓고 나뭇가지 위에 하늘이 펼쳐 있다. 가만히 하늘을 들여다보려면 눈썹에 파란 물감이 든다. 두 손으로 따뜻한 볼을 쓸어보면 손바닥에도 파란 물감이 묻어난다. 다시 손바닥을 들여다본다. 손금에는 맑은 강물이 흐르고, 맑은 강물이 흐르고, 강물 속에는 사랑처럼 슬픈 얼굴―아름다운 순이의 얼굴이 어린다. 소년은 황홀히 눈을 감아 본다. 그래도 맑은 강물은 흘러 사랑처럼 슬픈 얼굴―아름다운 순이의 얼굴은 어린다.

모란이 피기까지는

나는 아직 나의 봄을 기다리고 있을 테요

모란이 뚝뚝 떨어져 버린 날

나는 비로소 봄을 여읜 설움에 잠길 테요

오월 어느 날, 그 하루 무덥던 날

떨어져 누운 꽃잎마저 시들어 버리고는

천지에 모란은 자취도 없어지고

뻗쳐오르던 내 보람 서운케 무너졌느니

모란이 지고 말면 그뿐, 내 한 해는 다 가고 말아

삼백예순 날 하냥 섭섭해 우옵네다

모란이 피기까지는

나는 아직 기다리고 있을 테요, 찬란한 슬픔의 봄을

잃어버렸습니다.
무얼 어디다 잃었는지 몰라
두 손의 호주머니를 더듬어
길에 나아갑니다.

돌과 돌과 돌이 끝없이 연달아
길은 돌담을 끼고 갑니다.

담은 쇠문을 굳게 닫아
길 위에 긴 그림자를 드리우고

길은 아침에서 저녁으로
저녁에서 아침으로 통했습니다.

돌담을 더듬어 눈물짓다
쳐다보면 하늘은 부끄럽게 푸릅니다.

풀 한 포기 없는 이 길을 걷는 것은
담 저쪽에 내가 남아 있는 까닭이고,

내가 사는 것은, 다만,
잃은 것을 찾는 까닭입니다.

꽃이 지기로서니
바람을 탓하랴—

주렴 밖에 성긴 별이
하나 둘 스러지고

귀촉도 울음 뒤에
머언 산이 다가서다—

촛불을 꺼야 하리
꽃이 지는데

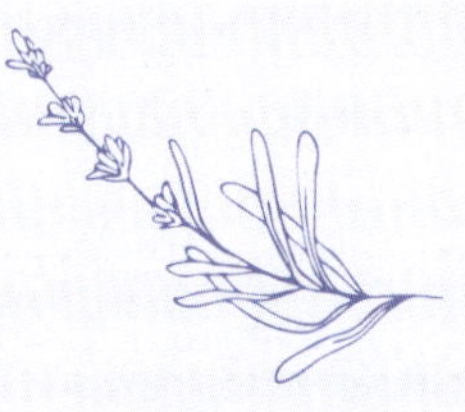

꽃 지는 그림자—
뜰에 어리어

하이얀 미닫이가—
우련 붉어라—

묻혀서 사는 이의
고운 마음을

아는 이 있을까—
저어하노니

꽃이 지는 아침은
울고 싶어라

강물 · 김영랑

잠자리 서뤄서 일어났소
꿈이 고웁지 못해 눈을 떴소

벼개에 차단히 눈물은 젖었는데
흐르다못해 한방울 애끈히 고이었소

꿈에 본 강물이 몹시 보고 싶었소
무럭무럭 김 오르며 내리는 강물

언덕을 혼자서 지니노라니
물오리 갈매기도 끼룩끼룩

강물은 철철 흘러가면서
아심찬이 그꿈도 떠실고 갔소

꿈이 아닌 생시 가진 설움도
작고 강물은 떠실고 갔소.

동방은 하늘도 다 끝나고
비 한 방울 나리잖는 그때에도
오히려 꽃은 빨갛게 피지 않는가
내 목숨을 꾸며 쉼 없는 날이여

북쪽 툰드라에도 찬 새벽은
눈 속 깊이 꽃 몽우리가 움작거려
제비 떼 까맣게 날아오길 기다리나니
마침내 저버리지 못할 약속이여

한바다 복판 용솟음치는 곳
바람결 따라 타오르는 꽃성에는
나비처럼 취하는 회상의 무리들아
오늘 내 여기서 너를 불러 보노라

삼천 원 없었을까 콩나물국밥값
시궁창의 몸으로 끌려가서 첫술에 반한
이름도 이상한 장뻘이라는 국밥집,
긴 뻘밭이던가, 그 집 장뻘 아주머니 내 국밥값
받지 않았다 불편했다
뚝배기 밑에 돈 놓고 나오다가 걸리기도 했다
후다닥 내달리고 아주머니 돈 흔들며 쫓아오고
나는 무단횡단으로 건널목 뛰어가고
아주머니 골목길에 매달린 채 헐떡거리며
삼춘 거시기 이러면 안 돼야 발 동동 구르고
된통 혼났다
그때 삼춘 쫓아가다 목구녕까지 숨이 꽉 찼는디
다시는 그런 짓 당최 하덜 말라고
가난한 시인한테 국밥 한 그릇 못 사주겠냐며
울먹이는 화를 내셨다
성공할 때까지 받지 않겠다는 우격다짐이었다

이어서

언젠가 그랬다

오메 텔레비 봉께 삼춘 나오데이 인자 유명해지것네이

하이고 예, 성공했으니까 국밥값 받으세요

안직 장개도 안 가고 차도 없는 것 봉께 더 성공해야 것는디

오백 원에 오백 원이 또 올라도 국밥값 낼 수 없었다

책 잘 받았다고 전화기 너머 들리던 풀기 없는 목소리

장뻘 아주머니 암으로 떠나셨다

내 생애 참 속 시원하고 얼큰하던 해장국밥,

전주 남부시장식 장뻘 콩나물국밥값 앞에

끝내 나는 성공하지 못했다

잃어진 그 옛날이 하도 그리워
무심히 저녁 하늘 쳐다봅니다—.
실낱같은 초순달 혼자 돌다가
고요히 꿈결처럼 스러집니다—.

실낱같은 초순달 하늘 돌다가
고요히 꿈결처럼 스러지길래
잃어진 그 옛날이 못내 그리워
다시금 이 내 맘은 한숨 쉽니다—.

날로 밤으로
왕거미 줄치기에 분주한 집
마을서 흉집이라고 꺼리는 낡은 집
이 집에 살았다는 백성들은
대대손손에 물려줄
은동곳도 산호관자도 갖지 못했니라

재를 넘어 무곡을 다니던 당나귀
항구로 가는 콩실이에 늙은 둥글소
모두 없어진 지 오랜
외양간엔 아직 초라한 냄새 그윽하다만
털보네 간 곳은 아무도 모른다

찻길이 놓이기 전
노루 멧돼지 족제비 이런 것들이
앞뒤 산을 마음 놓고 뛰어다니던 시절
털보의 셋째 아들은
나의 싸리말 동무는
이 집 안방 짓두광주리 옆에서
첫울음을 울었다고 한다

이어서

"털보네는 또 아들을 봤다우
송아지래두 불었으면 팔아나 먹지"
마을 아낙네들은 무심코
차가운 이야기를 가을 냇물에 실어 보냈다는
그날 밤
겨릅등이 시름시름 타들어 가고
소주에 취한 털보의 눈도 일층 붉더란다

갓주지 이야기와
무서운 전설 가운데서 가난 속에서
나의 동무는 늘 마음 졸이며 자랐다
당나귀 몰고 간 애비 돌아오지 않는 밤
노랑 고양이 울어 울어
종시 잠 이루지 못하는 밤이면
어미 분주히 일하는 방앗간 한구석에서
나의 동무는
도토리의 꿈을 키웠다

그가 아홉 살 되던 해
사냥개 꿩을 쫓아다니는 겨울
이 집에 살던 일곱 식술이
어디론지 사라지고 이튿날 아침
북쪽을 향한 발자국만 눈 위에 떨고 있었다

더러는 오랑캐령 쪽으로 갔으리라고
더러는 아라사로 갔으리라고
이웃 늙은이들은
모두 무서운 곳을 짚었다

지금은 아무도 살지 않는 집
마을서 흉집이라고 꺼리는 낡은 집
제철마다 먹음직한 열매
탐스럽게 열던 살구
살구나무도 글거리만 남았기에
꽃 피는 철이 와도 가도 뒤울 안에
꿀벌 하나 날아들지 않는다

산 너머 저쪽에는
누가 사나?

뻐꾸기 영 위에서
한나절 울음 운다.

산 너머 저쪽에는
누가 사나?

철나무 치는 소리만
서로 맞아 쩌르렁!

산 너머 저쪽에는
누가 사나?

늘 오던 바늘 장수도
이 봄 들며 아니 뵈네.

우리 애기는
아래 발치에서 코올코올,

고양이는
부뚜막에서 가릉가릉,

애기 바람이
나뭇가지에서 소올소올,

아저씨 햇님이
하늘 한가운데서 째앵째앵.

마을로 기우는
언덕, 머흐는
구름에

낮게 낮게
지붕 밑 드리우는
종소리에

돛을 올려라—

어디에, 막 피는
접시꽃
새하얀 매디마디—

감빛 돛을 올려라—

오늘의 아픔
아픔의
먼 바다에.

어디로 · 박용철

내 마음은 어디로 가야 옳으리까
쉬임 없이 궂은비는 나려오고
지나간 날 괴로움의 쓰린 기억
내게 어둔 구름 되어 덮이는데.

바라지 않으리라던 새론 희망
생각지 않으리라던 그대 생각
번개같이 어둠을 깨친다마는
그대는 닿을 길 없이 높은 데 계시오니

아— 내 마음은 어디로 가야 옳으리까.

산에는 꽃 피네
꽃이 피네
갈 봄 여름 없이
꽃이 피네

산에
산에
피는 꽃은
저만치 혼자서 피어 있네

산에서 우는 작은 새요
꽃이 좋아
산에서
사노라네

산에는 꽃 지네
꽃이 지네
갈 봄 여름 없이
꽃이 지네

아버지는 단 한 번도 아들을 데리고 목욕탕엘 가지 않았다
여덟 살 무렵까지 나는 할 수 없이
누이들과 함께 어머니 손을 잡고 여탕엘 들어가야 했다
누가 물으면 어머니가 미리 일러준 대로
다섯 살이라고 거짓말을 하곤 했는데
언젠가 한 번은 입속에 준비해둔 다섯 살 대신
일곱 살이 튀어나와 곤욕을 치르기도 하였다
나이보다 실하게 여물었구나, 누가 고추를 만지기라도 하면
잔뜩 성이 나서 물속으로 텀벙 뛰어들던 목욕탕
어머니를 따라갈 수 없으리만치 커버린 뒤론
함께 와서 서로 등을 밀어주는 부자들을
은근히 부러운 눈으로 바라보곤 하였다
그때마다 혼자서 원망했고, 좀 더 철이 들어서는
돈이 무서워서 목욕탕도 가지 않는 걸 거라고
아무렇게나 함부로 비난했던 아버지
등짝에 살이 시커멓게 죽은 지게 자국을 본 건
당신이 쓰러지고 난 뒤의 일이다

이어서

의식을 잃고 쓰러져 병원까지 실려 온 뒤의 일이다
그렇게 밀어드리고 싶었지만, 부끄러워서 차마
자식에게도 보여줄 수 없었던 등
해지면 달 지고, 달 지면 해를 지고 걸어온 길 끝
적막하디 적막한 등짝에 낙인처럼 찍혀 지워지지 않는 지게 자국
아버지는 병원 욕실에 업혀 들어와서야 비로소
자식의 소원 하나를 들어주신 것이었다.

『호랑이 발자국』, 창비, 2003

술병은 잔에다
자기를 계속 따라주면서
속을 비워간다

빈 병은 아무렇게나 버려져
길거리나
쓰레기장에서 굴러다닌다

바람이 세게 불던 밤 나는
문 밖에서
아버지가 흐느끼는 소리를 들었다

나가보니
마루 끝에 쪼그려 앉은
빈 소주병이었다.

바람이 거센 밤이면
몇 번이고 꺼지는 네모난 장명등을
궤짝 밟고 서서 몇 번이고 새로 밝힐 때
누나는
별 많은 밤이 되려 무섭다고 했다

국숫집 찾아가는 다리 위에서
문득 그리워지는
누나도 나도 어려선 국숫집 아이

단오도 설도 아닌 풀벌레 우는 가을철
단 하루
아버지의 제삿날만 일을 쉬고
어른처럼 곡을 했다

시처럼 살고 싶다

초판 1쇄 발행 2026년 3월 31일

지은이 윤동주 외
펴낸이 한승수
펴낸곳 문예춘추사

편집 구본영
디자인 홍시 송원철
마케팅 박건원, 김홍주

등록번호 제300-1994-16
등록일자 1994년 1월 24일
주소 서울특별시 마포구 동교로 27길 53, 309호
전화 02 338 0084
팩스 02 338 0087
메일 moonchusa@naver.com

ISBN 978-89-7604-778-6   03810